懷念小青

管家琪◎著
郭莉蓁◎圖

推薦序

態度決定了人生高度

許建崑（前東海大學中文系教授）

管家琪老師「有品故事系列」套書十冊出齊了！最先發行的《膽子訓練營》、《勇敢的公主》、《粉紅色的小鐵馬》三本書，似乎是帶領著讀者勇敢的跨進四年一班教室。

第一本，藉著新來的同學丹禎放下「隱形朋友」，與班上同學融為一體，作為故事的軸心；卻也可以看見班導陳老師照顧學生的耐心與膽識。第二本，為了班級話劇比賽，全班同學卯足全力，選角、扮演、排戲，還真熱鬧。可是在演出前夕，發現與隔壁班的戲碼相同。扮演公主的繽繽必須變通，而班上的同學又能齊心合作，達成任務，勇敢、機智、合作的特質，呼之欲出。第三本，主題看似「繽繽學車記」，說明

「堅持就能成功」。可是呢？管家琪老師利用繽繽三次與粉紅小馬相伴的夢境，帶來優美而迷離的氣氛；又讓陳老師引導同學思考「二十年後的我」，寫下短文，而文中的每個小小志願，都像一朵朵綻開的蓓蕾，令人讚嘆。

四年一班的故事，當然不只這些！七本新書，帶給我們更多的訊息。

班長巧慧是陳老師的好幫手，冷靜、理性，擁有強健的心理素質，家庭的教養給她很大的助力。在《椅子會唱歌？》中，劉家大厝改建，伯叔重聚故里，儘管三兄弟的成就大有不同，與父親曾有的互動，有百依百順的，有爭執衝突的，也有抱憾在心的，但都是因為「愛」的緣故啊。巧慧跟著爸爸、媽媽回家，與堂哥、堂妹去老宅探險，聽見椅子搖擺的聲音，還以為是爺爺的靈魂回來，坐在椅上搖啊搖。全家人對爺爺的思念，都在不言中。

與巧慧最要好的同學繽繽，綽號「冰淇淋」，卻有完全不同的性情，活潑、感性，勇於嘗試，也敢於認錯。因為作文本沒拿回來，忘了寫作文，跟老師謊報作文本丟在公車上。管家琪老師以《對面的怪叔叔》為題，創造一位拖稿未交的鬍子作家，謊稱照顧一隻從樓上跌下來的貓；來對比繽繽說謊的行為。誠實真好，說謊很累人，因為「每說一個謊，要用二十個謊言來掩飾」呢！

看見同學養寵物，繽繽也動心。《懷念小青》故事寫下繽繽養了兩隻小烏龜，最後不敵病菌感染，雙雙去了天國。繽繽把心中的遺憾說給楊校長聽；回家後，她要去幫助鄰居的森森，好好照顧小白狗。

養寵物之外，繽繽陪奶奶在陽臺種蔬菜，也是個新鮮的經驗。樓下森森的外婆有志一同，也來種菜，森森卻想「揠苗助長」，讓菜苗長高一點。在《好預兆》中，還有兩條脈絡：第一、福利社的阿姨很生氣，因為她的孩子龍龍為了做直銷，回家要錢；第二、爸爸的朋友老鬼，以「算命」為手段，誘引爸爸加入直銷。故事結束在校園開出了一片農田，請龍龍來負責耕作，讓班上的孩子也來實習。精緻的結構，說明勤勞才有結果，想「一步登天」要不得。

故事中有四個比較搶眼的男生。幼稚園大班的森森，常有些滑稽舉動，添加笑點，不過他卻比繽繽先學會騎腳踏車呢。

李樂淘與李家富是一對班寶，有點像美國好萊塢影片中的喜劇雙人組合勞萊與哈台。樂淘喜歡搧風點火，家富則是大喇叭，兩人可以把小小事情掀成狂風暴雨。那一天，陳老師帶一箱雞蛋來教室，發給大家「照顧」，好體會父母撫養子女的辛苦。不到半天，很多人打破了，就來搶其他同學的雞蛋。恰好隔壁班的宋小銘來串門子，他銳利的眼睛，發現樹上有個鳥巢，班上同學又爭相爬樹去看小鳥。混亂的場景，無法收拾，還驚動了楊校長。這就是熱鬧的《保護寶貝蛋》！

宋小銘家教較嚴，奶奶強迫他假日陪伴去市場撿寶特瓶，被同學傳述，覺得很丟臉。他把奶奶做的小紅布包送給了繽繽，卻讓森森的外婆發現，小布包的製作人曾有幫助窮人的義舉，新聞報導過。原來，小銘的奶奶勤儉、積聚，並不是自私自利的行為。《紅色小布包》一書中，說明了勤儉的美德，也間接暗示家人更須相互溝通了解。

最熱鬧的故事是《藏在心裡的疤》。班上同學鬧事，訓導主任要班長記下名字，巧慧獨漏了繽繽的名字。樂淘為什麼會起鬨呢？家富為什麼要生氣呢？繽繽又如何加入戰局呢？巧慧做出不誠實的行為，該怎麼對陳老師負責呢？恰巧陳老師的國中同學何美麗來訪，勾出當年化學實驗課誤傷美麗，留下永遠疤痕的往事。沒有人不會犯錯，但犯了錯就該坦承道歉，好好溝通，自然可以贏回友誼。

透過這十本書，管家琪老師把四年一班的師生給寫活了，但她也想要點出這些孩子的性情都是原生家庭培養出來的，如果家庭和睦，夫妻、婆媳、父子、母女溝通良好，孩子自然健康、開朗，未來也會有良好的處世態度。而「態度決定了人生的高度」，就是管家琪老師投入「有品故事系列」書寫最大的目的吧！

自序

學習擔當

管家琪

很多孩子都喜歡小動物，都希望能夠擁有一隻寵物。在客觀條件允許的情況下，不妨讓孩子養養寵物吧，在養小動物的過程中，孩子們可以學到很多很多。

首先，能夠培養孩子的責任感。孩子們想要養寵物，那麼家長就要和孩子們約法三章，告訴孩子們這可不能兒戲，一定要慎始。如果考慮清楚，決定養小寵物了，那麼寵物的生活起居就要由孩子自己來照顧和承擔。

小朋友可不能只有幾分鐘的熱度，然後就通通都推到大人的頭上。這就是責任感。堅持這份責任感，進而還可以體會到對於生命的尊重，因為所有的動物都是一條鮮活的生命，不是玩具，不能隨著自己高興，想理就理、不想理就不理，甚至還動輒拋棄。在這樣的過程中，孩子們還能將心比心，體會到父母養育自己不也是一樣的不容易嗎？所以，這也會是很好的感恩教育。

此外，很多孩子都是從養寵物的過程中第一次接觸到死亡，體會到生命無常，這也是一種成長。

目錄

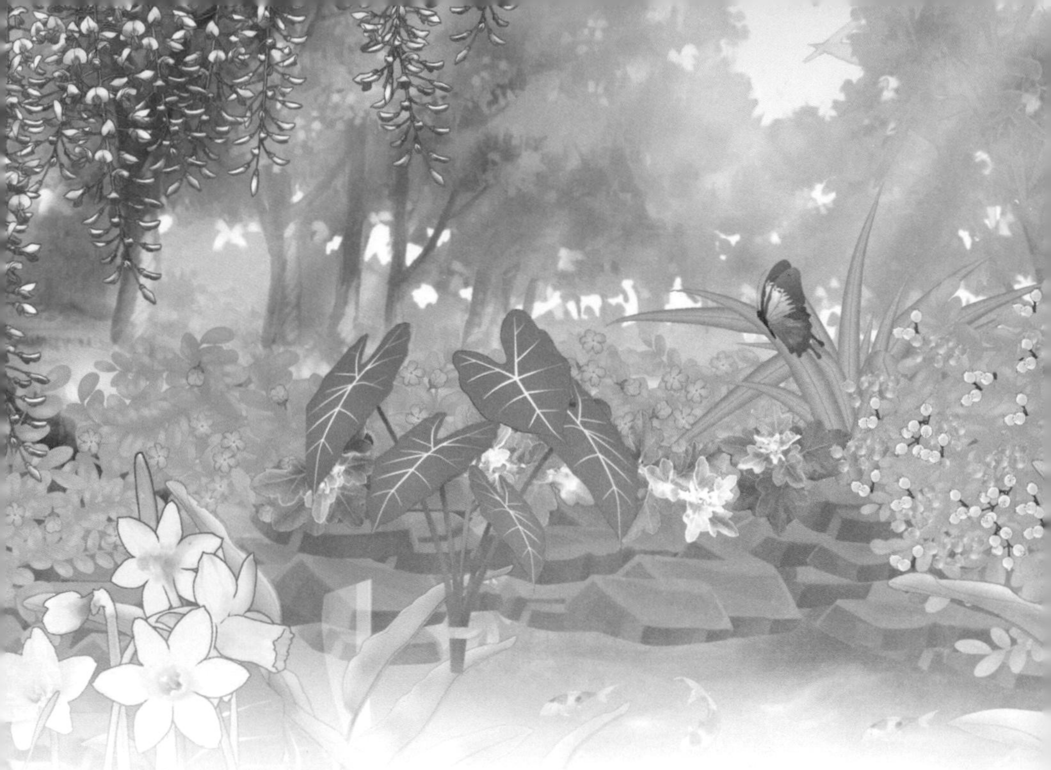

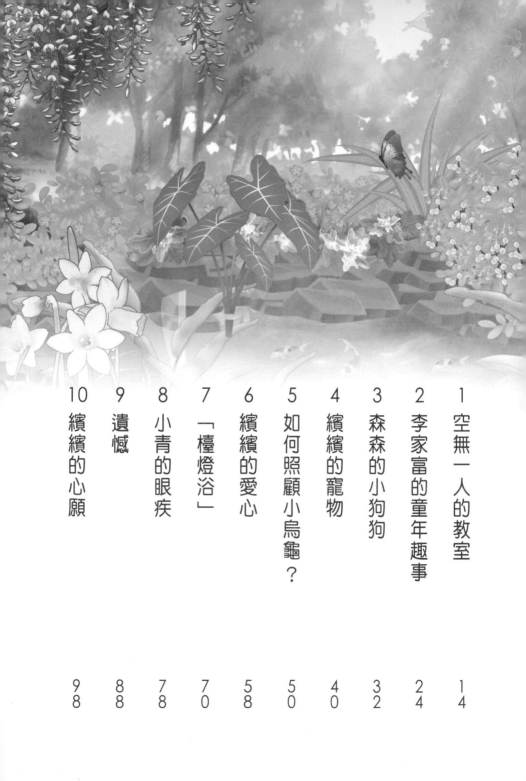

出場人物

李宗富

小平頭、身型瘦小，個性開朗，是班上的大嘴巴。

森森

本名鄭文森，活潑開朗的幼稚園大班生，住在繽繽家樓下。

林齊繽

小名繽繽，個性活潑、喜歡挑戰不同事物。和巧慧是最要好的同學。

楊校長

熱愛教育，常常巡視各班上課情況，擔任校長已經十幾年了。

齊繽奶奶

和藹可親，喜歡和繽繽講故事，週末時一起看卡通。

齊繽媽媽

國中老師，不僅會下廚，還燒得一手好菜。

齊繽爸爸

國中老師，個性溫和，很受學生歡迎。

空無一人的教室

每天早上，楊校長都會在校園裡到處轉轉。

別看臉方方的楊校長看起來好像有一點嚴肅，只要他一開口說話，從他的語調裡，你很快就會發現他其實是一個很和善的人。當然啦，楊校長的和善，其中有一個很重要的原因就是——他是打心底的熱愛教育事業，同時也是打心底的喜歡小孩。算起來他做校長都已經十幾年了，在這個工作崗位上也不免碰到挫折，但是只要一看到孩子們那天真活潑的模樣，他就會立刻「自動充電」，再多的煩心事也很容易就煙消雲散。

他喜歡聽孩子們朗讀，覺得孩子們朗朗的讀書聲實在是太好聽了！

楊校長除了每天一大清早會固定在校園裡轉一轉之外，平常上課時間也會隨機出現在不同年級的樓層，悄悄觀察每間教室裡的情況。

這天上午，在上第三堂課的時候，楊校長轉到四年級的樓層，意外發現四年一班的教室裡居然一個人也沒有！

楊校長看看貼在教室前面，布告欄上的課程表，發現這一堂是國語課。

這麼一來，楊校長的心裡就稍微有一點底了。

「大概是陳老師又有什麼新花樣了吧。」楊校長心想。不久前，他在上課時間來到四年一班，大老遠就聽到這裡吵鬧得不得了，他還以為是因為陳老師不在，班長管不住同學、維持不了秩序，才會這麼吵呢，沒想到走進教室一看，才發現居然是陳老師帶頭在吵！

只見教室裡完全沒有上課該有的樣子，課桌椅通通都被靠牆放著，還像疊羅漢似的拼命疊高，盡量空出了一片空地，然後陳老師就帶著小朋友辦起「室內運動會」來了。陳老師讓小朋友們比賽彈橡皮筋、丟橡皮擦，還把椅子排成一個圈，大家玩著搶椅子的遊戲，瘋得要命。小朋友們都玩得不亦樂乎，興高采烈，尖叫聲不斷，吵得幾乎

都要把天花板給掀掉啦。

陳老師後來跟校長解釋，這是想要提供小朋友作文的素材，同時在搶椅子的時候，沒搶到椅子的人要講一個成語故事才能過關，總之，都是寓教於樂啦。

楊校長沒有多說什麼，因為他覺得陳老師是一個天生的老師，對孩子有耐心，也很有愛心，這是一種極為可貴的特質，他覺得自己身為校長，呵護教師身上這種特質都來不及，絕不能輕易的打擊她；楊校長知道陳老師現在只是因為還年輕，經驗還不是很足，或許在很多事情的處理方式和分寸上都還需要摸索。不過，這不要緊，就像應該給孩子們時間一樣，楊校長認為也應該給年輕的老師足夠的時間，讓他們慢慢成長。

因此，對於那次「室內運動會」，楊校長只是簡單的提醒一下陳老師，還是希望能控制一下秩序（因爲在他看來，當時跟小朋友一起搶椅子的陳老師好像連自己都玩瘋了），免得對隔壁班的上課造成太大的影響。

想到這裡，楊校長不免猜測，今天陳老師會不會是因為又有了什麼「花樣」，但是怕在班上的話會太過吵鬧，所以把小朋友都帶出去了？

不過，既然陳老師沒有申請戶外教學，就表示她並沒有帶四年一班的小朋友離開學校，他們一定還在學校裡。

會在哪裡呢？

楊校長看看錶，離下課還有十幾分鐘。他決定要到校園裡去找找看。

李家富的童年趣事

遠遠的，楊校長就已經看到陳老師和孩子們，都在遠離教學樓的那座小亭子裡。

原來，在連上了兩堂數學課以後（其中有一堂是隨堂測驗），陳老師感覺到小朋友的精神都有些疲倦，就帶著小朋友到戶外來上課。果然，孩子們一聽，馬上就像是要出去郊遊似的，一個個精神都來了。

這是一個古色古香的中式亭子，有著古樸的屋瓦和飛簷，旁邊就是學生的小菜園和小花圃，這裡是幾個比較有特色的校園景色之一，也是很多孩子都很喜歡來的地方。亭子裡只見孩子們圍坐在一起，目光都集中在站在中央的一個有點偏瘦的小男孩身上。楊校長仔細看了一下，認出是李家富。此刻李家富正比手畫腳，似乎聲情並茂的在說些什麼，孩子們都聽得很有興趣的樣子，很多孩子的臉上都掛著天真的笑容。楊校長的目光也很快的找到了陳老師。坐在孩子們中間的陳老師，看起來簡直就像是一個大小孩，對李家富所講的內容也同樣表現出很有興趣的樣子。楊校長感覺得出來，小亭子裡的氣氛是很活潑、很愉快的。

李家富到底正在講些什麼有趣的事呢？楊校長的心裡不免有些好奇。

牡丹亭

他決定湊過去聽一聽……

原來，李家富正在講自己上幼兒園時，一次養小狗狗的經驗。因為剛上過一課關於愛護動物的文章，陳老師要大家分享自己養寵物的經驗。此刻李家富就正在講述自己一次很誇張、也很離譜的經驗。

李家富說，那是發生在讀幼兒園時的某個夏天。有一天，他熱得直冒汗，覺得自己都快融化了，渾身上下脫到都只剩下一件小背心和小短褲，還是熱得要命，就在這時，他看到小狗狗胖仔也把舌頭露在外面拚命的喘氣，一看就知道也是熱得很，於是李家富就好心的想要幫胖仔好好的涼快涼快。

李家富說，別看胖仔乍看之下好像很胖，其實牠是「虛胖」，因為牠的毛又厚又多，才會讓人誤以為牠很胖。於是，李家富就異想天開，心想如果替胖仔把這些毛通通都剪掉，不就像是脫掉毛衣一樣，或者是像自己在夏天的時候經常會被爸爸拉去剪一個小平頭一樣，那麼胖仔不就會涼快了嗎？不就不會再那麼熱了嗎？

說做就做！李家富拿了一把剪刀，然後抱住胖仔，好心想要幫牠把「毛衣」給脫掉，誰知道胖仔一點也不領情，著急的掙扎了幾下，

又汪汪的叫了兩聲以後，大概是感到和小主人「說不通」，情急之下竟然張口就咬了李家富一大口！

大家聽到這裡都笑了。忽然，在同學們的笑聲中，夾雜了一個豪爽的男性笑聲，大家這才猛然注意到，校長不知道什麼時候居然站在亭子的不遠處，而且顯然也聽到剛才李家富所說的那件荒唐可笑的童年趣事。

「校長好！」小朋友們紛紛自發的、熱情的跟校長打招呼。陳老師對校長說：「我們在分享養寵物的經驗。」

「嗯，好，我知道了，」校長說：「接下來輪到哪一個小朋友？」

好幾個小朋友都立刻把眼神投向了繽繽，「是林齊繽。」

楊校長也用鼓勵的眼神看著繽繽，很有興趣想要聽聽看繽繽會說些什麼。

繽繽卻是欲言又止。

幸好，就在這個時候，鈴聲響起，下課了！

陳老師說：「那我們就下次再聽林齊繽說，現在大家先回教室去吧。」

森森的小狗狗

繽繽放學回家，一走進樓梯間沒多久，就聽到三樓的門開了，隨即聽到森森興奮的嚷嚷著：「姐姐！是你吧？你回來了！快來看，我有一隻小狗狗了！」

什麼？小狗狗？繽繽立刻背著書包就直接走進森森家。

「快來看，快來看！」森森開心的拉著繽繽走近放在客廳角落的一個紙箱。

繽繽彎腰一看，果然看到一隻米黃色的小狗狗，正蜷縮著身體窩

在裡頭睡大覺。

「很可愛吧？」森森驕傲的說：「牠是我的寵物，我要叫牠『小黃』。」

「哪來的啊？還這麼小！」

「是我姨婆送我的，出生沒幾天。」

前兩天森森隨著外婆回鄉下一趟，昨天很晚才回來。沒想到居然還帶了一隻小狗狗回來。

「你媽媽答應讓你養啊？」繽繽問。

森森一聽繽繽這麼問，馬上就像一顆洩了氣的皮球似的，有些愁眉苦臉的說：「我媽媽一看，都快氣死了，一直怪外婆不該讓我帶狗

狗回來，其實外婆本來也不准的，是我一直哭一直哭，哭得我都快累死了，好不容易她才勉強答應的。」

「本來就是，大人都不喜歡我們養寵物。」

「為什麼呀？」

「因為他們都說我們是三分鐘熱度，照顧不了寵物的。」

「什麼叫做『三分鐘熱度』？」

「就是說，就算現在對一件事情表現得很起勁，可是只要過了三分鐘，就忘了，或者說就對別的事情感興趣去了。」

「我才不會呢！」森森信心滿滿的說：「我對小黃才不會是『三分鐘熱度』。」

「話可不要說得太早——」

「本來就是！我一定不會！」森森急急的說：「小黃是我的寶貝，你看牠這麼可愛！我一定會好好照顧牠的！」

接著，森森還告訴繽繽，說他媽媽昨天晚上發過一頓脾氣之後，勉強同意讓他養養看，但是再三要求森森承諾，一定會好好照顧小黃，否則就要把小黃送回鄉下去。

「那你加油吧。」繽繽覺得自己現在也只能幫小森森打氣了。

在離開森森家回自己家的時候，繽繽想起今天上午在校園小亭子裡上的那堂課，心想當時真的好險啊，大家都在等著聽她說，連校長也在，可是——她真的不知道該怎麼說。

-清世街-
63

說起養寵物，繽繽也是有一點經驗的。和李家富一樣，那也是發生在繽繽上幼兒園時候的事，她記得當時是在念中班，算起來也已經是好幾年以前的事了，可是現在回想起來，繽繽的心裡還是覺得很慚愧……

繽繽的寵物

繽繽還記得，媽媽有一個老朋友潘阿姨很喜歡養小動物，家裡一共有兩隻貓咪三隻狗狗，還有一隻鳥；聽說本來是兩隻鳥的，還叫做「愛情鳥」呢，結果其中一隻被另外一隻給咬死了，好可怕。有一次，媽媽帶著繽繽一起去潘阿姨家玩，繽繽看到潘阿姨家就像是一個迷你的動物園，感到非常新鮮，回到家以後就吵著也想要養一隻貓咪。

「不行！」媽媽一口就拒絕了。

「那狗狗呢？」

「也不行！」

「那——小鳥呢？」繽繽節節退讓。

但是，媽媽還是斬釘截鐵的說：「不行啦，我們家什麼小動物也不許養！」

「為什麼不行啊，」繽繽嘟著小嘴抗議道：「你不是也說潘阿姨家的那些小動物很可愛嗎？」

「那是潘阿姨家的小動物，又不是我們家的，我當然覺得可愛了。」

媽媽還說，潘阿姨和她先生結婚多年一直沒有小孩，所以把感情都寄託在這些小動物的身上，把這些小動物都當成是自己的小孩一樣。這是真的，因為繽繽也聽到潘阿姨一直說貓咪是她的女兒，狗狗是她的兒子，只有那隻小鳥，潘阿姨沒說牠是誰。

媽媽說，我們家不一樣，我們家有繽繽，就算奶奶分擔了很多家務，但是爸爸媽媽都這麼忙，養一個繽繽就已經夠辛苦了！媽媽還強調，已

經很累了，哪裡還會有工夫再多養什麼小動物，別開玩笑了啦！

「我會照顧的嘛，我來照顧。」繽繽再三保證。

可是，媽媽的態度還是很堅定，怎樣都不肯，堅持說小孩子養寵物都是三分鐘熱度，到時候又會變成都是大人的事，她才不要多這個麻煩呢！

看到媽媽像一塊鐵板，怎麼都說不動，繽繽便跑去向爸爸撒嬌，拚命的拜託。

後來，爸爸果然心軟了，就跟媽媽還有奶奶反覆商量，好說歹說，總算替繽繽爭取到了養寵物的機會。

不過，三個大人都考慮到繽繽當時還小，如果要求繽繽必須獨力承擔照顧小動物的責任，養一種比較好照顧的寵物會比較合適。

經過家庭會議，爸爸媽媽最終告訴繽繽，同意讓她養兩隻小烏龜。

繽繽在同學家看過寵物小烏龜，覺得也還算可愛，而且，想想吵了這麼久、纏了這麼久，爸爸媽媽還是只同意讓她養小烏龜，看樣子無論是狗狗呀貓咪呀還是小鳥呀，大概真的都沒指望了。好吧，小烏龜就小烏龜吧，有總比沒有好。

於是，爸爸就帶著繽繽來到一家水族館，讓繽繽自己選。繽繽慎重其事的仔細挑選，終於挑了兩隻寵物小烏龜，高高興興的帶回家。兩隻小烏龜的個頭不大一樣，一隻稍微大一點。

一到家，繽繽就開始認真的想著要怎麼來替兩隻小烏龜取名字。她仔細觀察兩隻小烏龜，看牠們身上的顏色主要都是青色的，然後都

是在草綠色中再帶一點黑色的紋路。想呀想呀，繽繽有了一個好點子。

「就叫牠們大青和小青吧！」繽繽愉快的宣布。

沒想到，此話一出，立即引來媽媽非常激烈的反對，「不行！不能叫『小青』，絕不能叫『小青』！」

奶奶和爸爸呢，則只是在一旁捧腹大笑。

繽繽一臉茫然，搞不懂是怎麼回事，過了好一會兒才總算是弄清楚了。

原來啊，當年爸爸媽媽還在談戀愛的時候，爸爸總是喜歡暱稱媽媽為「小青」。

後來，爸爸建議不妨改成叫做「大藍」和「小藍」吧，繽繽也試著叫了一兩天，但還是覺得不大順口，於是就還是堅持要叫「大青」和「小青」。在多次抗議無效之後，媽媽也只好算了，隨著繽繽就這樣「亂叫」一通。

如何照顧小烏龜？

從水族館帶兩隻小烏龜回家的時候，爸爸還替兩隻小烏龜買了一個魚缸，還有一袋鵝卵石，另外還買了一包烏龜飼料。

繽繽拿起那一袋鵝卵石，再看看那包烏龜飼料，好奇的問：「這個是要做什麼用呀？」

即使當時繽繽還小，就跟森森現在差不多大，但她當然還是看得出來，這袋鵝卵石絕對不可能是小烏龜的食物。

爸爸說，這是要用來裝飾魚缸的。

「以後這裡就是牠們的家了，當然要替牠們布置一下啦，要不然光禿禿的魚缸不是很單調？」說著，爸爸就把鵝卵石平均鋪在魚缸的下面。

然後，爸爸示範給繽繽看，怎麼把水裝進魚缸裡。

「不是直接把水加進去就好了嗎？」繽繽問。

「哪有這麼簡單，你忘了剛才在買大青和小青的時候，老闆是怎麼說的嗎？」

哦，繽繽想起來了，老闆是有說過，給小烏龜的水一定要是沉澱過或是太陽晒過的。

爸爸說：「老闆說每隔三天左右就要給小烏龜換水。」

「嗯，我知道。」繽繽滿口答應，心想，每隔三天換一次水，很簡單啊，這有什麼問題。

過了一會兒，水裝好了，爸爸就把大青先放進魚缸，然後讓繽繽捏著小青，把小青也放進去。

繽繽輕輕的捏著小青，感覺小青好小、好無助哦，心裡頓時又湧起一股一定要好好照顧、並且好好保護兩隻小烏龜的想法。

「怎麼樣？喜不喜歡你們的新家呀？」繽繽滿心歡喜的看著大青和小青，覺得自己的寶貝小烏龜實在是好可愛。

看了一會兒，大青和小青待在牠們的新家，一動也不動。

「我覺得這個魚缸好像太大了。」繽繽說。

「不會啦，等牠們長大一點，看起來就相稱了。」

接下來，爸爸帶著繽繽先查了一下書，又在網路上也同時查了一下，搜尋「該如何照顧小烏龜？」，然後整理成幾個重點。

除了要按時換水（因爲小烏龜是很愛乾淨的小動物），還有幾點需要注意：

※不定時就餵小烏龜吃一點飼料、肉末和小蝦。

※天氣好的時候要經常帶牠們出去晒晒太陽，這樣小烏龜的殼才會健康。

※小烏龜的眼睛滿容易感染的，當小烏龜的眼睛好像睜不開，或者看起來白白的，就有可能是被感染了，不過沒有關係，滴一

點眼藥水就會好了。

※每年四、五月以後，對小烏龜來說是很重要的成長階段，小烏龜的食量會很好，這時候一定要好好照顧牠們，勤換水、勤餵食，還要跟牠們玩耍，甚至聊聊天；小烏龜是很通人性的，你對牠們好，牠們會知道，感受到了主人的愛心之後，就會長得更好。

為了避免繽繽忘記，爸爸把這幾條提示清清楚楚的列印出來，然後貼在魚缸旁邊的牆壁上，魚缸則是放在客廳靠近長沙發的地方，面對著電視。這是繽繽所選的位置。繽繽的想法是，這樣以後當她在看卡通的時候，小烏龜就可以陪著自己一起看。

繽繽又看看日曆，開心的說：「馬上就是四月了！」

這是一年中小烏龜成長最重要的時候！

她的心裡再度湧起一種強烈的感覺，心想：「大青和小青，我一定會好好的照顧你們！」

然後，繽繽就轉身跑去找奶奶。她要拜託奶奶明天上菜市場時，記得幫小烏龜帶一點小蝦回來。

繽繽的愛心

第二天是禮拜天。本來繽繽在禮拜天的早上都是很喜歡賴賴床、睡睡懶覺的，可是也不知道怎麼搞的，這天，她一大早就醒了，而且是幾乎眼睛一睜開，腦筋就很清楚，馬上就想到大青和小青，於是，立刻一骨碌的翻身下床，套上小拖鞋，趕快走到客廳魚缸前面去看看兩隻小烏龜。

「大青、小青，早安！」繽繽笑咪咪的說。

兩隻小烏龜剛剛住進來，這是牠們在新家的第一個早晨，繽繽希望能夠讓牠們感受到小主人的熱情。

大青和小青安安靜靜的，一動也不動。

「你們早就起來了嗎？」

大青和小青還是一動也不動，安安靜靜。

這時，奶奶招呼繽繽過去吃稀飯。

「奶奶，小蝦買了嗎？」

「買啦，」奶奶慈祥的說：「肉末也弄好了。」

繽繽很高興，吃過早飯以後，就開開心心的去餵大青和小青。

「要好好吃，乖乖吃，然後好好長，趕快長哦！」繽繽看著寶貝烏龜，滿心歡喜。

奶奶收拾好餐桌，也過來坐在繽繽的旁邊，和繽繽一起看著小烏龜。

雖然，坦白講，奶奶對這兩隻綠色的小東西實在沒什麼感覺，也不覺得牠們有多麼可愛，不過，沒有關係，只要是繽繽喜歡的，她至少就不會反感。

「爸爸查過資料，說要經常和牠們說話，牠們就會長得比較好。」繽繽告訴奶奶。

奶奶心想，奇怪，這個話怎麼聽起來這麼耳熟——啊，想起來了，當小繽繽剛出生，還是一個成天只會哭、只會吃和只會睡的小寶寶時，兒子、兒媳也經常這樣一邊抱著繽繽，一邊跟繽繽說著話，甚

至唱歌給她聽，說是要讓小繽繽感受到父母的愛，這樣寶寶就會長得比較好。

原來是一樣的道理啊。只見這會兒繽繽快樂的宣布：「大青和小青，我來唱首歌給你們聽吧！」

妹妹背著洋娃娃，

走到花園來看花……

一曲唱罷，大青和小青看起來還是那樣，動也不動。奶奶倒是熱烈鼓掌，頻頻讚美道：「真好聽，真好聽！再唱一首吧！」

不過，繽繽有一點不大放心。她想先弄弄清楚一件事。

「奶奶，你覺得牠們聽到了嗎？我的聲音夠大嗎？牠們覺得好不好聽啊？」

「當然好聽啊，我們繽繽唱歌是最好聽的了，再來一首吧！」

說著，奶奶還摟著繽繽，在她的小臉上香了一個。

稍候，當爸爸媽媽也起床了，一到客廳，看到繽繽正在用稚嫩的嗓音對著魚缸大唱兒歌，也立刻被這個情景給吸引住了，馬上就跟著坐了過去。

本來是最反對養小動物的媽媽，微笑的說：「想想養個寵物也不錯嘛，繽繽這麼小就已經開始會照顧小寵物啦。」

爸爸則提醒媽媽，「你忘了誇獎我英明，都是我強烈推薦養小烏龜的，你看，一點也不吵，多安靜，多好養。」

聽到爸爸這麼說，繽繽想起一件事，「對了，我該帶牠們出去晒太陽了。」

奶奶看看窗外，「可是，今天好像沒太陽耶，你看現在天空那麼陰暗，好像馬上就要下雨了。」

說完，奶奶就趕緊站起來去後陽臺收衣服。

果然，沒過一會兒，真的就開始下雨了！

「檯燈浴」

這場雨一下就下了三天。這可真把繽繽給急壞了。

在第四天的時候，繽繽一會兒輕輕的碰碰大青，一會兒又碰碰小青，很著急的嚷嚷：「奶奶快來！我覺得大青和小青的殼好像都有一點變軟了！」

奶奶過來，有些猶豫——她實在不大想去碰那兩隻綠色的小動物，但是，看到寶貝小孫女一臉那麼擔心的樣子，又不想表現得太過冷淡，只好硬著頭皮伸出右手食指，慢慢接近那隻大的，然後迅速的

碰了一下。

不過，碰得太快了，還來不及有感覺，奶奶只好再碰一下。

「我覺得還好啊。」奶奶說。

「真的嗎？那小青呢？」

奶奶只得再碰碰小青。

「也還好啊。」

「真的？」

繽繽用她嫩嫩的小手指又輕輕碰觸了兩隻小烏龜，仍舊皺著眉頭、苦著臉說：「我還是覺得比買回來的時候軟了。」

奶奶不想再跟繽繽爭辯下去，就提議道：「那怎麼辦呢？要不要我們用檯燈給牠們照一下？」

在長沙發這裡的圓桌上有一盞檯燈，是平常奶奶坐在這裡看書報雜誌的時候用的。奶奶記得曾經看過一些報導，說有些人希望自己的皮膚是古銅色，但是又沒有時間或者沒有耐心去做日光浴，就會去照一種燈。奶奶心想，用檯燈給這兩隻小烏龜一點熱度，應該行得通吧？

繽繽一聽奶奶的建議，果然立刻精神大振，「好啊！那我們現在就來照！」

稍後，當媽媽看到這盞檯燈彎著脖子拚命「接近」魚缸的樣子，馬上就說：「咦，幹嘛要把這個檯燈弄成這樣啊？小心別弄壞了！」

「不會啦，我知道的。」奶奶保證。

繽繽說：「一直下雨，大青和小青晒不到太陽，所以我們給牠們照照燈光。」

奶奶補充說：「要不然聽說烏龜的殼會變軟。」

「這樣有用嗎？」媽媽有些質疑。

奶奶立刻再度保證：「有用有用，放心好了！」

奶奶是想，就算實際上沒有什麼效果，但只要能夠讓小繽繽放心就好。另一方面，奶奶還覺得，難得小繽繽這麼惦記著小烏龜要晒太陽才會比較健康，這總是一件好事啊，大人還是應該同樣看重才是。

這時，媽媽似乎也會意過來什麼，就沒有再多說什麼了。媽媽心想，是啊，繽繽懂得悉心照顧小烏龜，這是好事，就算待會兒檯燈的脖子真的報銷了也沒關係；畢竟，東西壞了可以再買，而孩子的心，一旦碰到打擊就不容易恢復。

大青和小青就這樣接受了一整天的「檯燈浴」。

晚上，爸爸一回來看到這樣的景象，和媽媽最初的反應一樣，也是馬上就問：「這是幹嘛？」

媽媽立刻說：「小烏龜需要光啦！」

「這——」

爸爸本來是想說：「這樣會有用嗎？」

不過，他這句話才剛剛開了一個頭、剛剛才講了第一個字，奶奶和媽媽就已經紛紛搶著說：「有用！當然有用！」

幸好，在一連下了幾天的雨之後，太陽公公終於露出了笑臉。

於是，在奶奶的陪同下，繽繽興高采烈帶著大青和小青趕緊下樓來到社區公園，讓兩隻寶貝小烏龜好好的晒晒太陽。

繽繽看著大青和小青，溫柔的想著：「我一定會把你們照顧得好好的！」

儘管兩隻小烏龜始終都是不言不語，但是，繽繽覺得牠們一定都能感受到自己的一番心意。

小青的眼疾

繽繽深信自己一定能夠把大青和小青都照顧得很好，然而，就在大青和小青好好補充了陽光之後的第二天，這個信念第一次遭到了「打擊」。

那是在晚餐過後，爸爸媽媽照例都還在學校裡忙，奶奶則是在廚房裡清洗碗筷，繽繽一個人在客廳，先是和大青、小青「一起」看了一會兒電視，覺得沒什麼好看，轉頭看看大青、小青，看牠們倆也沒在看，繽繽就乾脆關了電視，對兩隻寶貝小烏龜說：「我們來玩吧！」

說著，繽繽就把大青和小青從魚缸裡拿出來，把牠們放在客廳的大茶几上。一開始，大青和小青似乎都顯得很茫然，不知道這是什麼意思，更不知道這是什麼情況，大青沒過多久還把整個腦袋都縮進了龜殼裡，繽繽「哄」了半天，才總算把大青給「哄」出來了。

接著，兩隻小烏龜就開始慢悠悠的在茶几上散步。繽繽趴在茶几旁，兩隻手臂交疊著，還枕著自己的小下巴，只為了能盡量把自己的視線放低一點，希望能夠把大青和小青看得更清楚些。

看著看著，忽然，繽繽覺得小青的眼睛看起來有一點怪怪的。

她趕快湊近大青，盯著大青的眼睛仔細的看，然後回頭再看一下小青，再看一下大青……

「奶奶！」繽繽扯著嗓子大嚷：「你快來，你快來啊！」

廚房裡，站在流理臺前的奶奶一聽，嚇了一大跳，正在沖洗的那個碗差一點就飛了出去！奶奶趕緊用最快的速度把碗放下，把手上的洗碗精沖一沖，再把兩隻手往圍裙上飛快的搓一搓，就趕緊匆匆忙忙的趕出來，連聲不斷的問：「怎麼了？怎麼了？」

聽繽繽的聲音，好像是發生了什麼大事，奶奶心想，該不會是繽繽哪裡受傷了吧？

「你看小青的眼睛！」繽繽苦惱的說：「我覺得牠好像生病了！」

奶奶走近一看，「哪裡生病了？」

繽繽指指小青，「你看牠的眼睛，白白的，生病了啦，要點眼藥水！」

奶奶再認真的研究了一下，對照一下大青——嗯，小青的眼睛好像是有一點白白的。奶奶再看看張貼在牆壁上的「如何照顧小烏龜」須知，總算是明白過來。

這個意思是說——奶奶剛剛這麼一想，繽繽已經頗有主見的說：「奶奶，我們家有沒有眼藥水？」

「有啊，我這就去拿。」

不一會兒，奶奶從自己房間拿了一小瓶眼藥水出來，想遞給繽繽，沒想到繽繽竟然不肯接！連忙把兩隻小手很緊張的揹在身後。

「奶奶，你幫我替小青點啦！」

「什麼？我怎麼會！」

「你會啦，你是大人嘛，大人什麼都會啦！」

「這可不成，我不會！」

「啊，拜託啦！奶奶你最好了！拜託啦！」

就在祖孫倆一個拜託、一個拒絕的糾纏中，媽媽回來了。

媽媽一進門，奶奶簡直就像是看到了救星似的，立刻嚷著：「太好了！你來，你來！」

「我來什麼？」媽媽愣愣的問。

繽繽說：「趕快幫小青點眼藥水，牠的眼睛好像生病了！」

「我才不要！」媽媽立刻就拒絕了，「我才不要碰小烏龜，多噁心！」

繽繽一聽，當然很不高興，氣嘟嘟的抗議道：「怎麼會！我的小青怎麼會噁心！」

媽媽這才意識到自己失言，趕緊道歉，「是是是，對不起、對不起，我說錯了，不過——我看牠還好嘛，不需要點什麼眼藥水吧！」

「小青不好了啦，你過來看啊，你只要看看牠跟大青的眼睛就知道了，是不是不一樣？」

繽繽拉著媽媽來到大青和小青的面前，還再三指點媽媽，注意看看小青的眼睛，是不是已經有一點白白的了？

媽媽雖然很不想一直盯著兩隻小烏龜，但她同時也想到不妨就這麼撐一撐、混一混，因為救兵馬上就會來了。

果然，很快的就聽到鑰匙聲一轉，爸爸拎著一個超市的購物袋開門進來。

剛才他們是一起回來的，只是媽媽先上來，差使爸爸去超市買牛奶。

「太好了！」媽媽叫著：「你來，你來！」

和媽媽剛才一樣，爸爸

也是一頭霧水，「我來什麼？」

「給小青點眼藥水！」奶奶、媽媽和繽繽，三個人異口同聲。

沒辦法，爸爸就這麼被趕鴨子上架般，非常勉強的完成了任務，但同時也朝繽繽丟下了一句話：「以後你要自己弄啦，這是你的小烏龜啊！」

繽繽心想，好嘛，我自己弄就我自己弄，以後我通通都自己弄，再也不要求你們了，求你們累死了！

看著兩隻小烏龜，繽繽又想，大青和小青，你們放心，以後我一定會把你們照顧得好好的！不過，幾乎就在這個時候，繽繽同時又想，萬一大青和小青再得眼疾，自己真的能為牠們點眼藥水嗎？

遺憾

繽繽怎麼也想不到，還沒等到兩隻小烏龜再得眼疾，情況就不一樣了。

就在過了一個月左右，剛剛進入五月，天氣開始漸漸熱起來以後，繽繽對兩隻小烏龜的熱情就開始漸漸冷卻。

比方說，她開始需要奶奶提醒才會替兩隻小烏龜換水，或是帶著兩隻小烏龜晒太陽，而且，漸漸的，當奶奶提醒她的時候，她開始不會一經提醒就馬上去做。又過了一陣子，一聽到奶奶提醒，繽繽的心

Mr.Fudge

裡居然開始會覺得有一點麻煩了。

這天，奶奶說：「哎，繽繽啊，這樣不行耶，是你要養小烏龜的，你也說好一定會好好照顧牠們的，怎麼這兩天都讓我來餵，今天還想要我帶牠們去晒太陽，不行啦，你自己帶牠們去晒太陽啦！」

繽繽放下圖畫書，伸伸懶腰，「嗯，要不然我明天再帶牠們出去晒太陽好了。」

奶奶不贊成，「牠們已經好幾天沒晒太陽了，而且氣象預報說明天可能會有雨，要晒就今天去晒吧。」

「好吧！好吧！我去就是了。」

於是，繽繽拿了一個塑膠盒，把兩隻小烏龜從魚缸裡拿了出來放進盒子裡，再帶著那本看到一半的圖畫書，來到樓下社區的小公園。

繽繽把塑膠盒放在一個石桌上，然後就在不遠的樹蔭下坐下來繼續看她的書。石桌旁雖然有四個小石凳子，一個月前繽繽如果帶大青和小青來這裡晒太陽，都會坐在小石凳這裡，就近看著牠們，但是現在她覺得這裡太晒了，還是坐在樹蔭下比較舒服，何況她不是還在看書嘛，如果是坐在大太陽底下，陽光那麼刺眼，怎麼看書啊。

不知道過了多久，就在繽繽已經完全沉浸到圖畫書的世界裡去時，她忽然聽到一種奇怪的聲音，本能的一抬頭，馬上就大吃一驚的蹦了起來！

因為，她看到一個可怕的景象！

原來這裡不是只有她和大青、小青而已，不知道從什麼時候開始，竟然來了兩個不速之客——那是兩隻狗！

此刻，一隻狗狗正把兩隻前腳搭在石桌上，鼻子的前端塞進那個塑膠盒裡，正在使勁的嗅著；剛才繽繽聽到的那個奇怪的聲音，應該就是這隻狗狗發出來的。

還有一隻狗狗，更恐怖了，竟然坐在不遠的草地上津津有味的舔著什麼東西！

「走開！走開！」

繽繽揮舞著圖畫書，氣急敗壞的先往距離比較近的石桌衝，趕走了那隻狗狗，但是，坐在草地上的那隻狗狗也同時馬上叼起一個什麼東西就跑了！

繽繽往塑膠盒裡一看，心都涼了。裡頭只有一隻小烏龜，牠嚇得渾身都縮進了龜殼裡。

不用說，另外一隻小烏龜一定已經被叼走了！繽繽捧著塑膠盒，馬上就去追那隻狗狗，一邊嘴裡還拚命哭叫：「我的烏龜！我的烏龜！」

終於，在幾位叔叔阿姨的幫忙下，大家合力從那隻狗狗的嘴裡救下了小烏龜，把牠還給哭哭啼啼的繽繽。

但是，小烏龜已經奄奄一息了。不但背上的殼被狗狗咬裂了，連裡頭那層白白的內膜都露了出來，看起來真是慘不忍睹！

繽繽把這隻身受重傷的小烏龜放回塑膠盒，這才確定受傷的是小青。這一個月來，兩隻小烏龜都長大了些，小青好像長得比較快，所以現在兩隻小烏龜看起來差不多大，不像剛買回來的時候那麼懸殊，但小青的個頭還是比較小一點。

繽繽哭著回到家，奶奶也吃了一驚，還趕快幫忙念起了往生咒，希望能夠讓小青起死回生。

當奶奶不斷念著往生咒的時候，繽繽簡直是泣不成聲，難過得不得了。尤其是看到小青背上的裂口，愈看愈恐怖，她彷彿都能感受到小青的痛苦，想到這個痛苦都是因為自己的疏忽大意才造成的，繽繽感到非常後悔，真希望時光能夠倒流，她一定會專心的陪著兩隻小烏龜晒太陽，小心翼翼的守護著牠們，不讓牠們離開自己的視線，更不讓那兩隻狗狗有機會靠近牠們……

可惜，一切都太遲了。

小青最終還是死了。

過了幾天，大青也死了。似乎是深怕小青太寂寞，而陪著同伴一起離去……

這個事情雖然已經過去幾年了，卻是繽繽童年中一段難以磨滅的記憶。

很多孩子頭一回接觸到死亡，都是因為寵物的離去，赫然發現原來生命是會結束的。只是，讓繽繽難過不已的當然還有另外一個原因，那就是儘管當時繽繽年紀還小，她還是能夠體認到，小青的死亡，是由於自己的粗心和失職才造成的。

繽繽的心願

這天午休，當繽繽和巧慧剛剛從圖書館走出來的時候，迎面碰到了楊校長。

校長室就在離圖書館不遠的地方，幾個經常來圖書館借書的小朋友，楊校長基本上都認得。何況繽繽和巧慧雖然才四年級，但是經常參加一些表演活動，校長對這兩個小女孩更是熟悉。

看到繽繽，校長突然想起一件事。

「林齊繽，你小時候養過寵物對吧？」

繽繽嚇了一跳，不敢否認，老實的點點頭。

校長又問：「你是養什麼？」

「小烏龜。」

「哦，小烏龜。養了幾隻？」

「兩隻。」

「現在呢？」校長停頓了一下，「還在嗎？」

繽繽不自覺的低下頭去，低聲的說：「不在了。」

「怎麼回事？願意說給我聽聽嗎？」

前兩天，在那個花圃旁的小亭子裡，正輪到繽繽發言，應該要跟同學們交流養寵物的經驗時，楊校長看到繽繽一副難以啟齒，甚至還

流露出慚愧的神情，馬上就想到這個孩子有心理負擔。楊校長當時就猜測，八成是因為寵物沒養好，產生了愧疚感，果然如此。

繽繽有些遲疑。巧慧在旁鼓勵她：「說嘛，沒關係的。」

「是啊，沒關係的，說給我聽聽吧。」校長也這麼說。

看校長那麼和善的樣子，繽繽想了一想，理了理思緒，就鼓起勇氣大致說了一下。

這本來是她很不想提的一件事，她只跟像巧慧這樣的好朋友說過，因為她覺得比較起來，大家都知道小烏龜是很好養的，至少比起狗狗呀貓咪呀都要好養得多，可是她卻養死了，而且還是因為自己的粗心大意才養死的，繽繽覺得自己真的是一個差勁的小主人。

聽完了繽繽的敘述，校長好心的勸慰了繽繽一番，說繽繽當時畢竟還小，要承擔起照顧寵物的責任確實是不容易。不過，相信經歷過這一次的事件之後，繽繽已經能夠感受到一件事，那就是——要說出一個承諾很容易，但是，要能夠長時間堅持這個承諾卻很不容易，而我們的責任心也就是從這樣的堅持中，慢慢鍛鍊和培養起來的。

繽繽一邊聽著，一邊也很自然的想起了森森。

森森現在就跟自己當初在養大青和小青的時候差不多大，他能不能好好的照顧小狗狗呢？有些事情大概也很需要別人不斷的提醒吧？森森昨天還說，媽媽現在是勉強同意讓他養養看，要森森再三承諾一定會好好的照顧狗狗，否則就要把狗狗送回到鄉下去。

繽繽當下就決定，今天放學回家上樓的時候，要主動先去看看森森以及他的小狗狗，她一定要好好的提醒森森，對待小狗狗千萬不可以粗心大意。

想著想著，繽繽甚至也打定主意，從今天開始，一定要幫著森森養好他的小狗狗。

國家圖書館出版品預行編目資料

懷念小青/管家琪著；郭莉蓁圖.2021.11初版.
--臺北市:幼獅文化事業股份有限公司,
112面;14.8 21公分.-- (故事館；72)

ISBN 978-986-449-247-3 (平裝)

863.596 110015905

・故事館072・

懷念小青

作　　者＝管家琪
繪　　者＝郭莉蓁
出 版 者＝幼獅文化事業股份有限公司
發 行 人＝李鍾桂
總 經 理＝王華金
總 編 輯＝林碧琪
主　　編＝沈怡汝
編　　輯＝張家瑋
美術編輯＝李祥銘
總 公 司＝10045臺北市重慶南路1段66-1號3樓
電　　話＝(02)2311-2832
傳　　真＝(02)2311-5368
郵政劃撥＝00033368

印　刷＝錦龍印刷實業股份有限公司
定　價＝280元
港　幣＝93元
初　版＝2021.11
書　號＝984262

幼獅樂讀網
http://www.youth.com.tw
幼獅購物網
http://shopping.youth.com.tw
e-mail:customer@youth.com.tw

行政院新聞局核准登記證局版臺業字第0143號